Analy

C000154824

Antigone

d'Henry Bauchau

Rendez-vous sur lepetitlitteraire.fr et découvrez :

Plus de 1200 analyses
Claires et synthétiques
Téléchargeables en 30 secondes
À imprimer chez soi

HENRY BAUCHAU

ÉCRIVAIN ET PSYCHANALYSTE BELGE

- **Né en 1913 à Malines (Belgique)**
- **Décédé en 2012 à Louveciennes (France)**
- **Quelques-unes de ses œuvres :**
  - *La Déchirure* (1966), roman
  - *Œdipe sur la route* (1990), roman
  - *Le Boulevard périphérique* (2008), roman

Marqué par les drames que son pays, la Belgique, a subis lors des deux dernières guerres mondiales, Henry Bauchau entame des études de droit et fait ses débuts dans le journalisme. Après 1946, il s'installe à Paris, où il travaille dans l'édition. Il a par ailleurs l'opportunité de suivre une psychanalyse qui lui révèle que l'écriture serait pour lui salvatrice.

À partir de 1951, Henry Bauchau enseigne la littérature et l'histoire de l'art dans un institut en Suisse. Il fait des rencontres majeures : Ernst Jünger (écrivain allemand, 1895-1998), Eugène

Ionesco (auteur dramatique français d'origine roumaine, 1909-1994), mais aussi Jacques Lacan (psychiatre et psychanalyste français, 1901-1981) et Jacques Derrida (philosophe français, 1930-2004).

Après une deuxième cure de psychanalyse dans les années 1970, il revient à Paris et travaille au centre psychopédagogique de la Grange Batelière. Il se lance alors dans l'univers de la psychanalyse, qui, comme la mythologie grecque, influence considérablement son œuvre littéraire.

Il entre en 1991 à l'Académie royale de langue et de littérature françaises de Belgique. Son œuvre, complexe et diversifiée – il est à la fois poète, dramaturge et romancier –, est consacrée par la critique et primée à de multiples reprises.

ANTIGONE

UN RETOUR À LA MYTHOLOGIE GRECQUE

- **Genre :** roman
- **Édition de référence :** *Antigone*, Arles, Actes Sud, 1997, 356 p.
- **1re édition :** 1997
- **Thématiques :** passions humaines, amour, art comme catharsis, guerre, mort, solitude

Ce roman revisite le mythe d'Antigone, dont l'histoire complète nous est connue par la tragédie éponyme de Sophocle (poète tragique grec, vers 495 av. J.-C.-406 av. J.-C.).

Après la mort de son père, Œdipe, et dix ans après le suicide sa mère, Jocaste, Antigone revient à Thèbes (Grèce) dans le but d'arrêter ses frères, Polynice et Étéocle, dans la guerre de pouvoir qu'ils se livrent. Sa médiation échoue, et elle assiste à leur combat mortel. Malgré l'ordre de laisser le corps de Polynice, traitre à sa patrie, pourrir sur place, elle pratique les rites funéraires sur la dépouille de son frère. Arrêtée, elle finit sa vie emmurée dans une grotte.

En Belgique, *Antigone* a reçu le prix Victor-Rossel (1997) et le prix des lycéens (1999).

RÉSUMÉ

ANTIGONE À THÈBES

Après dix ans d'errance avec son père, Œdipe, et après la mort de ce dernier à Athènes, Antigone décide de retourner à Thèbes, sa ville natale. Elle demande au peintre Clios, son protecteur, de la conduire sur le bon chemin.

L'objectif de la jeune femme est de mettre fin à la guerre que ses deux frères ainés, les jumeaux Polynice et Étéocle, se livrent pour le trône de Thèbes. Polynice, établi à Argos, a même fait alliance avec des tribus nomades afin de vaincre Étéocle. Ce dernier compte quant à lui sur l'aide de leur oncle, Créon, et sur Hémon, le fils de celui-ci.

Antigone entre seule dans la cité, vêtue de haillons, telle une mendiante. Les gardes ne la reconnaissent pas et veulent l'empêcher d'y pénétrer. K., le substitut de Clios, arrive à son secours. Désormais, il la protègera et l'accompagnera.

La jeune femme retrouve Ismène, sa sœur, et Étéocle. Celui-ci déclare ne pas vouloir renoncer à la guerre contre son frère. De son côté, Hémon tombe sous le charme d'Antigone. Il voudrait l'épouser et quitter Thèbes, mais Créon ne voit pas cette union d'un bon œil, puisqu'il veut que son fils hérite du trône de la cité.

L'ART COMME CATHARSIS

Installée dans une vieille maison à Thèbes, Antigone commence à sculpter pour gagner sa vie. Étéocle lui commande un présent pour son frère : deux bas-reliefs représentant Jocaste, leur mère, et ses deux fils. « Je veux seulement que nous ayons tous les deux ce souvenir » (p. 91), lui explique-t-il, avec l'arrière-pensée que cette représentation de la mère, différente pour l'un et pour l'autre, fera comprendre à Polynice qu'« un vrai roi, comme [lui], n'a pas besoin de trône pour régner » (p. 93). Ainsi, la paix serait sauvée.

La sculpture n'est pas le seul art qui jalonne la vie d'Antigone. Clios, le bandit de grand chemin, coupable du meurtre de son ami, trouve à évacuer son malheur dans les arts de la fresque et de la sculpture, à travers lesquels il raconte l'errance de l'ancien roi de Thèbes. Plus tard, il délivrera K. de son état d'esclave. Celui-ci, châtré tout enfant, a conservé une voix divine qui enchante tout le monde. Pour l'un et l'autre, l'art est une catharsis, une méthode thérapeutique visant à la purification de l'âme et à la purgation des passions.

De même, Dirkos, un vieil aède aveugle, emplit de chants la maison de la jeune femme. Il est convaincu que, grâce à eux, les histoires d'Étéocle et d'Antigone survivront. Il reprend les chants d'Œdipe qui, à leur écoute, donnent de la force à Antigone.

UNE SŒUR MESSAGÈRE DE PAIX

Antigone va à la rencontre de Polynice sur une route parsemée de cadavres et de ruines. Elle lui offre, au nom d'Étéocle, les bas-reliefs de Jocaste et de ses deux fils. Le jeune homme a fait réaliser ces sculptures à dessein : il veut que Polynice consente à lui céder la couronne. N'ayant pu gouter à l'amour de Jocaste, dont jouissait pleinement son jumeau, Étéocle estime que le trône lui revient de droit. Régner seul sur Thèbes compenserait ainsi l'injustice maternelle dont il a été victime. À la demande de ce dernier, Antigone se charge également de remettre à Polynice un autre présent : un magnifique étalon noir nommé Niké (« victoire » en grec).

Piqué dans son orgueil, Polynice s'obstine alors à trouver un cadeau tout aussi prestigieux à offrir à son frère. Il jette son dévolu sur un superbe cheval blanc qui affronte Niké dans une lutte acharnée – transposition saisissante de la guerre impitoyable que se livrent les jumeaux. Antigone interrompt le combat en s'interposant, au péril de sa vie, entre les deux étalons.

Les tentatives de réconciliation ont donc avorté, Polynice et Étéocle ne voulant pas renoncer à la guerre en dépit des sollicitations de leur sœur.

LA GUERRE DES FRÈRES

En écoutant le récit qu'Ismène fait de la naissance de Polynice et d'Étéocle, Antigone comprend combien cette guerre pour le trône de Thèbes est, en réalité, un combat entre deux égos.

Œdipe et Jocaste attendaient un seul fils, mais ils en eurent deux. L'amour de Jocaste se porta alors exclusivement sur Polynice. Pendant toute leur enfance, ce dernier fut le protégé de sa mère, tandis qu'Étéocle, confié aux soins d'une nourrice, dut grandir sans l'affection maternelle. Suite au suicide de Jocaste et à l'exil d'Œdipe, il fut décidé que Polynice et Étéocle règneraient en alternance sur la cité, un an chacun. Étéocle refusa toutefois de céder le trône à son frère lorsque son tour arriva, ce qui déclencha la guerre.

Ismène préfère ne pas intervenir dans ce conflit. « Il faut détourner les yeux de cet abîme » (p. 125), dit-elle, en comprenant le fond de cette guerre : « Nos frères sont des guerriers, des génies peut-être, mais ce sont d'abord de grands fous, débordés par leur passion. » (*ibid.*)

La guerre mobilise tout le monde. Antigone transforme sa maison en hôpital et se voit même contrainte de mendier pour pouvoir payer les médicaments et la nourriture. Installée au milieu de la cité, elle crie pour se libérer, car c'est un cri « vers la lumière » (p. 195).

Polynice attaque Thèbes avec les nomades et tombe avec eux dans le piège tendu par la cité :

sous le poids des cavaliers, la rue s'effondre et s'ouvre en une profonde tranchée. Antigone reconnait le panache rouge du casque de Polynice et, aidée par Étéocle, réussit à l'en sortir vivant.

Étéocle et Polynice doivent maintenant combattre face à face. Blessé et sans arme, ce dernier se jette sur son frère, et ils tombent ensemble du haut des remparts. Créon devient alors roi de Thèbes. Il promet des funérailles pour Étéocle et déclare que Polynice sera pris en charge par Argos, la cité où il s'était établi.

LE RITUEL DÛ AUX MORTS

Antigone apprend que Créon a en réalité laissé le cadavre de Polynice pourrir devant la cité et qu'il a décrété que quiconque essaierait de l'enterrer serait puni de la peine capitale. À la nuit tombée, la jeune femme brave cet interdit. Elle refuse l'aide proposée par Ismène – celle-ci étant enceinte. Antigone n'essaie pas d'échapper aux gardes et, jugée par Créon, elle le défie :

> « Je ne refuse pas les lois de la cité, ce sont des lois pour les vivants, elles ne peuvent s'imposer aux morts. Pour ceux-ci il existe une autre loi qui

est inscrite dans le corps des femmes. Tous nos corps [...] sont nés un jour d'une femme, ils ont été portés, soignés et chéris par elle. Une intime certitude assure aux femmes que ces corps [...] ont droit aux honneurs funèbres et à entrer à la fois dans l'oubli et l'infini respect. » (p. 315-316)

LA MÉTAMORPHOSE D'ANTIGONE

La fille d'Œdipe et de Jocaste se soumet à la sentence de Créon. Elle est condamnée à être enfermée vivante dans une grotte. Elle ne veut pas attendre le retour d'Hémon, parti à Argos. Il aurait pu essayer de la sauver, ce qui aurait provoqué un conflit entre lui et Créon, sinon une guerre dans Thèbes : « Pas de sang à cause de moi ! » (p. 327) « Pas de guerre, pas de guerre à cause de moi... Je ne veux pas... ! » (p. 334), ré-pète-t-elle. Enfermée dans la grotte, elle réalise la nouveauté de son état : « J'ai souvent pensé à la mort, à la solitude jamais. » (p. 339)

Mais ses dernières pensées, alors qu'elle entend Hémon arriver et qu'elle se meurt, privée d'air, sont optimistes : elle est en train de « chan-ger d'existence » (p. 354). Antigone devient l'Antigone d'Io : « Antigone a décidé d'habiter

ce lieu avec nous, elle ne va pas disparaître »,
pressent l'épouse de Clios (p. 349).

ÉTUDE DES PERSONNAGES

PERSONNAGES PRINCIPAUX

Antigone

Cette jeune femme de 24 ans est la fille du roi Œdipe et de Jocaste. Née d'un inceste, elle est donc aussi la sœur d'Œdipe. Dès son plus jeune âge, Antigone se montre observatrice, conciliatrice et aimante. L'amour et le respect inconditionnel qu'elle porte à tous la poussent à suivre Œdipe dans son errance de dix ans, comme elle l'explique à Clios, son ami et protecteur : « Les criminels, eux aussi, ont droit à l'amour. [...] Si je t'avais tout donné, Clios, Œdipe n'aurait plus eu droit à rien, ce qui aurait été un crime pire que tous ceux que vous aviez commis. » (p. 35)

La protagoniste, grande, maigre et arborant une chevelure sombre, n'a pas la beauté solaire et suave de sa sœur, mais ses charmes, tout aussi puissants, sont comparés à ceux « des grandes illusions célestes » (p. 161). Antigone apparait ainsi comme « plus cachée, plus attirante » (*ibid.*).

Même si elle est parfois en proie au doute et présente une certaine vulnérabilité, Antigone incarne la figure féminine forte qui ne recule devant rien et ne dévie pas de ses principes moraux. En véritable héroïne, elle protège la vie et s'oppose aux personnages masculins qui, eux, la détruisent. Son objectif est la paix et le bien d'autrui, pour lequel elle se sacrifie et renonce à l'amour de Clios ainsi qu'à celui d'Hémon. Elle ne connait pas la maternité (étymologiquement, son prénom évoque l'absence de descendance), mais s'occuper d'Œdipe, aveugle et âgé, n'est sans doute pas plus aisé que de prendre soin d'un enfant.

Son monologue ainsi que sa longue errance traduisent le processus de construction de soi face à un monde oppressif. Antigone s'élabore à travers divers vécus : fille du roi Œdipe, elle choisit de devenir la servante de celui-ci ; elle est mendiante, aurait pu devenir reine, mais reste toujours sœur. Toutes ses démarches sont résolument menées pour apporter la paix et l'harmonie.

Cependant, si Antigone est une messagère de paix, elle crée aussi des perturbations autour d'elle, car elle suit sa route sans jamais dévier de sa trajectoire. Clios en pâtit le premier : « L'aventure d'Œdipe, notre aventure à tous les trois, aura suscité cette femme qui se décide librement et qui va me quitter. » (p. 37) Fidèle à elle-même, elle manifeste un caractère entier jusqu'à l'accomplissement de l'acte héroïque.

Polynice et Étéocle

L'enfance des frères jumeaux d'Antigone explique leur parcours conflictuel : privé de l'amour maternel, Étéocle grandit et doit s'affirmer par ses propres moyens. Il veut la puissance, alors que Polynice a pour dicton : « Le plaisir ou la mort. » (p. 52) Les jumeaux sont en perpétuelle opposition, bien qu'ils soient aussi complémentaires. Thèbes leur sert de prétexte ; elle est en définitive la mère qu'ils peuvent se disputer.

En grandissant, Polynice devient expert en armes et, faisant ses preuves auprès du roi d'Argos, en devient l'héritier. Étéocle, de son côté, excelle dans la navigation et le commerce, et aide son frère, grâce à ses conseils avisés, à s'enrichir davantage. Affronter son jumeau est pour Étéocle une manière de s'émanciper : la guerre, « c'est notre façon à nous d'être libres. [...] La haine, c'est l'amour en dur » (p. 170), explique-t-il. Seule la mort va les réunir dans un enlacement fatal : « Il court de toutes ses forces vers Étéocle qu'il saisit à bras-le-corps et précipite avec lui au-dessus du parapet, dans le vide. » (p. 264) Une destinée qui s'achève sur ces aveux des deux mourants : « "Pourtant frère je t'aimais." [...] "Moi aussi je t'aimais." » (p. 265)

Ismène

Ismène, la sœur d'Antigone, ressemble à Jocaste : elle est belle, blonde et tout en courbes, mais est privée de « nature royale » (p. 51). Elle affirme chercher le bonheur et, pour survivre dans une cité où les hommes se battent, choisit la neutralité, derrière laquelle se profile néanmoins une forme de résistance. Ainsi, quand elle apprend le sort que Créon réserve à la dépouille de Polynice, « elle se met soudain à crier, à serrer les poings, à trépigner et le seul mot qui sort de sa bouche crispée est : "Vengeance !" » (p. 291)

La cadette se conduit souvent comme une

sœur ainée auprès d'Antigone, même dans les contextes les plus triviaux : « Je vais te donner une robe, te baigner, te coiffer [...] » (p. 186) Elle seconde Antigone dans ses démarches, parfois passivement, et semble être la voix de la raison : « Tu as l'air d'espérer encore, Antigone, mais qu'espères-tu vraiment de la folle obstination des jumeaux ? » (p. 71) Enceinte, elle assure la descendance de la famille, dans une cité où la paix pourra désormais s'installer.

Créon

Le frère de Jocaste, Créon, devient roi à la mort des jumeaux (comme Œdipe le lui avait d'ailleurs prédit). Autoritaire (son prénom grec évoque la puissance), il incarne le souverain habile qui dicte ses lois suivant ses intérêts. Il refuse les funérailles de Polynice, car pour lui c'est un traitre qui a osé s'en prendre à sa propre cité. Il ne veut pas que son fils, destiné à prendre sa succession, s'attache à Antigone. Éliminer sa nièce, pour une raison ou une autre, fait donc partie de ses projets.

Hémon

Hémon, le fils de Créon, est « un homme qui a la beauté, la taille mais non l'aisance royale de son père » (p. 60). C'est un jeune soldat qui se forme à l'ombre d'Étéocle. Il tombe amoureux d'Antigone et ne se rend pas compte de l'hostilité de son père à l'égard de cette relation. Quand il ouvre enfin les yeux, « il n'a plus devant lui que le juge et l'assassin d'Antigone qui dit les mots irréparables : "Tu n'as qu'à féconder un autre sillon." Tout est fini entre eux, Hémon est plongé dans le Malheur. » (p. 353-354)

Clios

Criminel reconverti en artiste, grâce à Œdipe, Clios est un personnage inventé par Bauchau. Il apparait déjà dans le roman de 1990, *Œdipe sur la route* : après avoir tué involontairement son ami Alcyon, il erre et rencontre par hasard Antigone et son père. Ils forment ensuite un trio qui marche jusqu'à Athènes. Il est marié à Io, avec qui il a des enfants, mais il éprouve toujours un sentiment amoureux pour Antigone – sans espoir, et il le sait. Ses fresques, entre autres, racontent la destinée d'Œdipe.

Io

L'épouse de Clios, Io, « descendante du clan de la musique » (p. 26) est une femme à l'esprit pratique, dont les chants s'élèvent vers les cieux. Selon Clios, s'il restait avec Antigone, Io « prendrait un autre homme. [Il] y a les enfants, le clan, le troupeau. Elle sait qu'il lui faudrait un autre homme » (*ibid.*).

C'est en elle qu'Antigone, qui se meurt dans la grotte, transfère sa personnalité par le biais du chant pour devenir l'Antigone d'Io : « Rien n'est changé [...] si une âme vivante vient remplacer celle qui s'en va. Quelle sera l'âme vivante qui me remplacera ? La musique de sa voix dans la mienne me convainc que ce sera, que c'est déjà Io », assure-t-elle (p. 348).

Io chante l'histoire d'Antigone, sa voix « donne à entendre un indicible » et peut « toucher au plus intime » (WATTHEE-DELMOTTE M., *Henry Bauchau. Sous l'éclat de la Sibylle*, Arles, Actes Sud, 2013, p. 155) ; par cela « son chant est guérisseur. [...] L'enchantement : tel est le mot qui [...] résume l'action du chant. » (*ibid.*)

PERSONNAGES SECONDAIRES

Vasco

Il est le chef de la police de Thèbes. Par amour pour Étéocle, Vasco aide Antigone lorsqu'elle doit, en l'absence de celui-ci, mendier en ville pour trouver l'argent nécessaire aux blessés et indigents de sa maison.

Timour

Chef des tribus nomades payées par Polynice, Timour est fait prisonnier par Étéocle et apprend à Antigone à tirer à l'arc aussi bien que lui (ainsi Antigone retardera l'avancée des assaillants, laissant le temps de mener à bien l'installation du piège à l'intérieur de la cité ; ce même piège qui causera la perte des jumeaux).

Stentos

Stentos, le garde qui veut abuser d'Antigone quand elle arrive à Thèbes, est celui qui, une fois la pierre posée sur la grotte, crie pour s'assurer qu'elle est toujours en vie. Il lui laisse des torches pour contrecarrer l'obscurité.

Ces représentants de la société civile prouvent qu'Antigone n'est pas seule, hors de sa fratrie. Même Stentos, le moins sympathique de ces personnages, lui témoigne de la compassion au terme du roman. Il y en a d'autres encore :

- Main d'or, envoyé par Clios auprès d'elle pour lui faciliter le quotidien ;
- Zed de la bande à Vasco, l'enfant qui l'aide à rapporter chez elle les dons de la journée.

Autant de personnages qui, plutôt que de commenter les évènements, comme le faisait le chœur antique, agissent directement en faveur de celle qui, à leurs yeux, le mérite.

CLÉS DE LECTURE

DE LA MYTHOLOGIE GRECQUE AU ROMAN DE BAUCHAU

Une origine mythique

Le mythe d'Œdipe apparait dès le VIIIe siècle av. J.-C. dans la littérature grecque, mais sa version la plus connue est fixée par Sophocle au Ve siècle av. J.-C. Il s'inscrit dans le cycle des Labdacides, de Labdacos, le grand-père paternel d'Œdipe (généalogie que Bauchau rappelle d'ailleurs au début de son roman).

Le mythe met en scène Laïos, roi de Thèbes et descendant du fondateur de la cité, et son épouse Jocaste. Un oracle leur prédit que, suite à une faute commise par Laïos dans sa jeunesse, s'ils ont un enfant, celui-ci tuera son père et épousera sa mère. Le couple a néanmoins un fils, Œdipe, que Laïos abandonne sur une montagne. Recueilli par un berger, l'enfant est élevé par le roi et la reine de Corinthe : Polybe et Mérope. Quand on lui révèle qu'il n'est pas leur fils, Œdipe consulte un oracle, qui lui apprend qu'il tuera son père et épousera sa mère, et qu'il lui faut fuir sa patrie pour échapper à la prophétie.

Œdipe se dirige alors vers Thèbes. Sur la route, il croise Laïos. Un duel éclate entre les deux hommes, et Œdipe tue son père, sans connaitre son identité. Il répond ensuite correctement à une question posée par le Sphinx, qui terrorise Thèbes. Comme récompense, il obtient la main de Jocaste et devient le roi de la cité. De leur union naissent quatre enfants : Étéocle et Polynice, Antigone et Ismène. Mais le couple royal finit par apprendre la vérité : Jocaste se suicide, et Œdipe se crève les yeux. Il entame ensuite un long périple, en compagnie d'Antigone, sa fille, et meurt près d'Athènes, après avoir maudit ses fils, qui vont dès lors s'affronter pour le trône de Thèbes.

Le mythe d'Œdipe, par la fascination qu'il exerce, inspire depuis toujours la création littéraire. Il se voit ainsi réinvesti au fil des siècles par de grands auteurs tels que Stace (poète latin, vers 40-96), Robert Garnier (poète tragique français, vers 1545-1590), Jean Racine (poète tragique français, 1639-1699), Friedrich Hölderlin (poète allemand, 1770-1843), Jean Cocteau (écrivain et cinéaste français, 1889-1963), Bertolt Brecht (poète et auteur dramatique allemand, 1898-1956) ou encore Jean Anouilh (auteur dramatique français, 1910-1987).

Bauchau : vers l'introspection et l'art-thérapie

Henry Bauchau consacre quant à lui une trilogie romanesque à ce mythe : *Œdipe sur la route* (1990), *Diotime et les Lions* (1991) et *Antigone* (1997). Il écrit également un poème, « Le Monologue d'Antigone », inclus dans le recueil *Nous ne sommes pas séparés* (2006). La forme du roman, qu'il choisit pour son *Antigone*, l'éloigne déjà de la tragédie de Sophocle. Le récit a aussi la particularité d'être écrit à la première personne du singulier : c'est Antigone qui narre les faits. C'est donc à travers son point de vue que nous appréhendons le vécu et les motivations des protagonistes. Cependant les dialogues ne sont pas absents ; ils animent le texte, et le lecteur peut penser qu'ils sont rapportés tels quels.

Chez Sophocle, le drame commence après la mort des frères, à Thèbes, se poursuit par l'arrestation de l'héroïne et s'achève sur la douleur de

Créon qui, malgré les mises en garde contre sa décision de faire mourir Antigone, perd à la fois son fils et son épouse, Eurydice, qui se suicident. Le roman, lui, relate le cheminement physique d'Antigone entre Athènes et Thèbes, et celui, mental, entre la mort d'Œdipe et celle de ses frères ; il narre aussi la transfiguration finale dans sa prison-grotte. Cela justifie ce que dit Antigone à Clios : « Je suis toujours sur la route. » (p. 17)

L'introspection mène à la paix intérieure. Antigone nous livre son histoire et son combat. Contrairement au personnage de Sophocle, l'Antigone d'Henry Bauchau ne méprise ni la vie (« Je ferai tout pour échapper à la mort. Tout sauf abandonner Polynice et Étéocle à leurs crimes », p. 39), ni l'amour (« Ce n'est pas pour haïr que je suis née, c'est pour aimer que je me suis autrefois enfuie sur la route et que j'ai suivi Œdipe jusqu'au lieu de sa clairvoyance », p. 319).

Le parcours de l'auteur, en tant qu'artiste travaillant pour la paix, se confond d'une certaine manière avec celui d'Antigone. Bauchau apparait ainsi en filigrane et dit « je » avec son héroïne. Il fait siens les troubles et le combat de celle-ci, lui qui a été soldat et résistant pendant la

Seconde Guerre mondiale (1939-1945). Autre similarité : son Antigone s'exprime aussi par l'art, en sculptant le bois ou le marbre. Elle apparait donc comme une transposition romanesque de l'auteur qui, lui, trouve en l'écriture une échappatoire certaine.

D'autres arts sont convoqués dans le roman : la fresque du temple rouge de Clios (p. 10), qui met en scène le procédé de la création artistique, tantôt avec ses insuffisances (« Qu'est-ce qui manque ? », demande Clios à Antigone, p. 12), tantôt avec ses mystères (« Que veut nous dire ce bleu, que tu as fait apparaître sur le pelage du monstre ? », interroge Thésée, p. 18.), mais aussi la musique du chant de Io, dans laquelle la voix d'Antigone se convertit. Autant d'exemples où l'art transcende la vie et aide chacun à poursuivre sa route. Une conviction que l'auteur a dû faire partager à un bon nombre de ses patients en art-thérapie.

LE TRAGIQUE

Un roman tragique

En matière de genre littéraire, on peut distinguer

dans la tragédie la forme antique (celle des œuvres théâtrales dramatiques, nées en Grèce au Ve siècle av. J.-C. et puisant leur origine dans les poèmes lyriques à la louange du dieu de la vigne, Dyonisos), et la forme classique (celle des pièces de théâtre dramatiques du XVIIe siècle français, versifiées et respectant la règle des trois unités : temps, lieu, action). Ni l'une ni l'autre ne concerne le roman de Bauchau qui n'est donc pas une tragédie, mais relève bien du registre tragique, caractérisé par :

- **une force supérieure qui contraint à l'action.** « "Demain tu partiras pour Thèbes comme tu le veux" [dit Clios à Antigone]. Une violence soudaine surgit en moi : "Ce n'est pas moi qui le veux..." Il ne proteste pas, il fait signe que cela le dépasse. Mais moi, est-ce que ça ne me dépasse pas ? » (p. 25) ;
- **la fatalité de la mort**. « Tu veux porter un fardeau mortel : celui de ta redoutable famille », lui rappelle Clios (p. 26) ;
- **les choix désespérés de l'héroïne.**
  - Antigone est confrontée à un premier dilemme. Soit retourner à Thèbes pour tenter d'imposer une réconciliation entre ses frères,

résultat qu'elle sait, au fond d'elle-même, impossible ; soit les laisser s'entretuer, ce qu'elle ne peut supporter, elle la grande sœur qui les consolait lorsqu'ils étaient encore deux enfants bagarreurs. Elle choisit la première option, tout en ayant expérimenté la malédiction divine qui pèse sur sa famille, les Labdacides. Œdipe a lancé son imprécation contre ses fils, parce qu'ils ne se sont pas occupés de lui, aveugle, et a prédit que Créon deviendrait roi de Thèbes. Tout prédestine donc Polynice et Étéocle à une fin tragique. Pourtant, en héroïne tragique, Antigone ne dévie pas de sa conduite, malgré la fatalité qui mène les existences des uns et des autres.

○ Le second dilemme pour Antigone est soit d'abandonner le corps de Polynice aux bêtes en dépit du rite funéraire qu'exigent les dieux et, plus viscéralement, sa nature de femme – celle qui donne la vie –, soit d'accomplir le rituel contre la décision de Créon au risque d'être condamnée à mort. À Clios, qui a essayé de la dissuader de revenir à Thèbes, Antigone répond : « Je le jure, je ferai tout pour échapper à la mort. Tout sauf abandonner Polynice et Étéocle. » (p. 39)

Une héroïne en route vers sa destinée

Le premier chapitre du roman annonçait déjà la destinée tragique de l'héroïne, au travers de la fresque que Clios est en train de réaliser dans une grotte transformée en temple, à Athènes. Celle-ci met en scène un combat entre un dieu et un monstre, par lesquels sont implicitement représentés Polynice et Étéocle.

Sans le dire, Antigone l'éprouve : « J'aime le dieu du soleil levant, ses flèches, son orgueil, son orgueil de garçon triomphant, mais j'aime aussi le monstre à la chevelure blanche [...] » (p. 11) Elle pense alors que ce qui manque à cette fresque est « un échange de sang » (p. 13), la couleur rouge qui englobe le reste de la grotte : « Depuis que je suis dans le ventre du rouge, dans sa pénombre maternelle, je suis sous l'action de l'extrême. » (p. 11)

L'attirance pour le rouge du sang, l'intériorisation du combat entre les personnages de la fresque, sa volonté de cheminer jusqu'à Thèbes au nom de la paix, tout indique qu'Antigone s'engage volontairement sur une voie qui la mènera à sa perte. C'est d'ailleurs le propre des personnages tragiques de s'impliquer délibérément dans des actes qui leur seront fatals.

Combattante malgré tout, cette Antigone ne perd pas de vue son désir de réconcilier ses frères : combat du désespoir ou aveuglement volontaire ? De leur côté, Polynice et Étéocle illustrent davantage le tragique des comportements. Ces jumeaux s'aiment et se haïssent à la fois. Avers et envers d'une seule pièce, ils mourront ensemble, incapables de partager le même amour pour Thèbes/Jocaste, parce que, depuis leur naissance, l'un a toujours plus reçu que l'autre. Prisonniers de cette fatalité, ils entrainent aussi leur sœur, Antigone, dans leur malheur.

RIVALITÉS FRATERNELLES

Sous la plume psychanalytique d'Henry Bauchau, les jalousies au sein de la famille s'expriment clairement dans le roman à l'occasion du retour d'Antigone dans sa fratrie, sur la terre de son enfance. Le lecteur ne suit plus forcément le déroulement d'un mythe dont il connait la fin, mais entend éventuellement des échos de sa propre histoire en tant que fils/fille, frère/sœur. Un sujet universel que l'auteur développe de manières distinctes quand il s'agit, d'une part, de Polynice et Étéocle, d'autre part, d'Ismène et Antigone.

LA PSYCHANALYSE

L'analyse de la psyché, de la vie consciente et inconsciente d'un individu, a pour but de mettre au jour les raisons des difficultés comportementales, sentimentales, existentielles, qui perturbent la personnalité. L'analysant (celui qui se fait psychanalyser) dénoue sa langue, puisqu'il s'agit pour lui de parler, de dire ce qui lui vient à l'esprit dans le cadre d'une courte séance avec l'analyste (le psychanalyste).

Sigmund Freud (1856-1939), neurologue autrichien, est le fondateur de la psychanalyse (concepts et déroulement des séances). C'est aussi lui qui a théorisé le « complexe d'Œdipe » – concept recouvrant le désir pour le parent de l'autre sexe et l'hostilité pour celui du même sexe –, conférant à la pulsion sexuelle une importance originelle dans l'élaboration de la personnalité.

La bataille est déjà engagée depuis longtemps

entre les deux frères, engendrée par la préférence de Jocaste pour Polynice et son déficit d'amour pour Étéocle, l'enfant en trop. Leur rivalité s'exprime contradictoirement, sur le mode de la guerre et sur celui des cadeaux. Serait-ce révélateur d'un sentiment d'infériorité ? C'est Étéocle qui envoie le premier à son frère les sculptures commandées à Antigone, un souvenir de Jocaste pour chacun d'eux. « C'est toi qui peux, à travers ces sculptures, faire sentir à Polynice l'incroyable, l'insupportable différence que Jocaste a fait régner entre nous » (p. 93), confie Étéocle à Antigone. Mais cela n'empêchera pas la guerre.

Quand Antigone franchit les portes de Thèbes, les retrouvailles avec Ismène sont chaleureuses. L'auteur va jouer presque jusqu'à la fin sur le comportement ambivalent d'Ismène vis-à-vis de sa sœur, mais fondamentalement bienveillant (ce qui donne à ces épisodes une épaisseur humaine attachante) : « Naturellement je te déteste, je te déteste presque autant que je t'aime. » (p. 53)

En fait, elle reproche à Antigone d'avoir confisqué leur père, en partant seule avec lui, sans prévenir. Il s'agit donc cette fois d'un malentendu non plus sur la mère, mais sur le père, dont Ismène était la préférée. Mais c'est elle, telle la mémoire de la famille, qui fait le récit de leur enfance à tous quatre pour aider Antigone à sculpter la Jocaste de Polynice et celle d'Étéocle. Ismène aide sa sœur, matériellement et moralement.

Quant à Antigone, grâce à l'amour et au soutien de sa mère (« Dorénavant donne-toi la permission toute seule Antigone. Tu peux ! », injonction très psychanalytique, p. 347), elle n'est empêtrée dans aucun ressentiment familial : « Ainsi Jocaste, dès l'enfance, m'a appris à porter moi-même mon fardeau. Dans ce fardeau il y a eu un jour Œdipe, puis mes frères. Tous les pesants trésors de notre lignée et de l'amour, je ne les ai pas déposés, c'est de force qu'ils m'ont été enlevés. » (p. 348) Antigone est fille et sœur avant tout, elle donne la priorité aux liens familiaux comme une manière de dire au reste du monde que sa lignée en vaut bien une autre.

Indisponible pour l'amour de Clios ou celui d'Hémon, elle répète avec les jumeaux, aveuglés par l'orgueil, l'attention et le soin qu'elle avait apportés à Œdipe. Mais malgré son retour dans la fratrie, Antigone ne peut rien changer rien au destin funeste de Polynice et Étéocle ; en outre, elle est elle-même entrainée à sa perte et laisse Ismène seule.

LES VISIONS

« Je ne suis pas prophétesse, Clios, je dis seulement ce que j'ai vu. [...] C'est toi maintenant qui dois me promettre de ne pas venir à Thèbes tant que durera la guerre. » (p. 39) C'est ainsi, en décrivant la vision soudaine qu'elle a de la ville assaillie par les troupes nomades de son frère Polynice, qu'Antigone préserve d'une mort certaine cet homme qu'elle aime et qui voudrait la suivre.

Sa seconde vision concerne aussi le souci qu'elle a de l'autre : « Le soir, quand je prépare mes remèdes et que la fatigue fait flotter ma pensée, je suis souvent sur la route avec [K. et Main d'or] » (p. 204), ce K. « qui avait le courage d'aimer les autres et la vie, sans illusions. » (*ibid.*)

Qu'il s'agisse de visions qui augurent mal de l'avenir ou de celles qui lui permettent d'être avec ceux qu'elle aime, hors de Thèbes, Antigone se fait voyante, à l'instar de son père. Mais Antigone n'est pas Œdipe, et ses visions ne sont pas prophétiques. Elles l'alertent sur le futur conflictuel de Thèbes ou la rassurent sur le présent de ses amis : « Je les vois, moi aussi, avec joie mais je n'oublie plus que je suis en même temps à la maison de bois [chez elle, à Thèbes] en train de piler des plantes dans mon mortier. » (p. 209)

Un don qui s'inscrit dans son quotidien et ne l'égare pas du projet qui est toujours le sien, celui de sauver ses frères par son obstination et consacrer un lieu très humain (sans dieux) au souvenir d'Œdipe, grâce à la sculpture en pleine montagne qu'elle a souhaitée des mains de Clios :

> « Il est temps d'écouter Ismène qui ne veut pas que je sois une visionnaire. Je reviens à mon mortier, aux choses qui m'entourent. Elles sont là, impétueusement, si fortes, présentes et agressives qu'il faut que j'oublie celles que j'ai vues sur une autre marche de l'étrange escalier que mon existence dévale et peut-être gravit. » (p. 210)

On peut dire que ces visions sont représentatives du tiraillement d'Antigone, aspirant à vivre, mais condamnée à mourir.

Avec *Antigone*, Henry Bauchau livre un beau

portrait de femme éternelle, plus humaine que la représentation antique. Libérée du fardeau d'Œdipe, tiraillée entre le désir de vie et la fatalité de la mort, elle voit l'amour possible, mais passe son chemin, car son destin l'entraine. Cela ne l'empêche pas de retrouver les jeux virils de son enfance : manier l'arc de guerre, monter à cheval, conduire un char. Créatrice, elle fait aussi naitre des sculptures avec habileté sous ses mains, et vit de son art. Sa générosité ainsi que sa connaissance des soins et des remèdes lui font ouvrir les portes de sa maison aux blessés et aux indigents. Rebelle, elle s'oppose au pouvoir des hommes tandis que courageuse et optimiste, elle met sa vie, alors au seuil de la mort, dans le chant d'Io, qui la transfigure. Antigone est un personnage moderne, complexe et attachant, que la langue sublime de simplicité d'Henry Bauchau porte au-delà de toutes temporalités.

PISTES DE RÉFLEXION

QUELQUES QUESTIONS POUR APPROFONDIR SA RÉFLEXION...

- Tentez d'expliquer le choix d'Antigone de suivre son père, Œdipe, alors qu'elle n'a que 14 ans.
- Antigone veut absolument enterrer son frère Polynice. À votre avis, est-ce uniquement pour respecter les rituels funéraires ancestraux ? Quels sont les autres enjeux de cet acte ?
- À Clios qui lui fait remarquer qu'Œdipe n'aurait pas approuvé qu'elle se rende à Thèbes, se mettant ainsi en danger, Antigone répond : « "Pourquoi ? Parce que je ne suis pas Œdipe, je suis moi". Ma voix se casse sur ce mot que je déteste [...] » (p. 17) Analysez.
- Comment interprétez-vous le changement d'existence d'Antigone, qui devient l'Antigone d'Io ?
- Caractérisez les différentes figures féminines telles qu'elles apparaissent dans le roman.
- Commentez la phrase de Polynice : « Thèbes est notre mère à tous deux. » (p. 262) Que

pouvez-vous en conclure sur la relation qu'entretient ce dernier avec son frère Étéocle ?

- Henry Bauchau écrit ce roman à la première personne du singulier. Peut-on pour autant identifier Antigone à l'auteur ? Argumentez.
- Quelles sont les difficultés stylistiques que suppose la transposition du mythe d'Antigone en un roman contemporain ?
- Comment expliquez-vous la fascination des auteurs à travers les siècles pour le personnage d'Antigone ? D'après vous, en quoi la protagoniste peut-elle être qualifiée de moderne ?
- Imaginez une autre fin pour Antigone.

Votre avis nous intéresse !
Laissez un commentaire sur le site de votre
librairie en ligne
et partagez vos coups de cœur sur les réseaux
sociaux !

POUR ALLER PLUS LOIN

ÉDITION DE RÉFÉRENCE

- BAUCHAU H., *Antigone*, Arles, Actes Sud, 1997.

ÉTUDES DE RÉFÉRENCE

- BROYER J., *Le mythe antique dans le théâtre du XXe siècle : Œdipe, Antigone, Électre*, Paris, Ellipses, 1999.
- SOPHOCLE, *Antigone*, traduit du grec par Paul Mazon, dossier et notes réalisés par Sophie-Aude Picon, Paris, Gallimard, coll. « Folioplus classiques », 2007.
- WATTHEE-DELMOTTE M., *Henry Bauchau. Sous l'éclat de la Sibylle*, Arles, Actes Sud, 2013.

SUR LEPETITLITTÉRAIRE.FR

- Fiche de lecture sur *Antigone* de Jean Anouilh.
- Fiche de lecture sur *Antigone* de Sophocle.

Retrouvez notre offre complète sur lePetitLittéraire.fr

- des fiches de lectures
- des commentaires littéraires
- des questionnaires de lecture
- des résumés

ANOUILH
- Antigone

AUSTEN
- Orgueil et Préjugés

BALZAC
- Eugénie Grandet
- Le Père Goriot
- Illusions perdues

BARJAVEL
- La Nuit des temps

BEAUMARCHAIS
- Le Mariage de Figaro

BECKETT
- En attendant Godot

BRETON
- Nadja

CAMUS
- La Peste
- Les Justes
- L'Étranger

CARRÈRE
- Limonov

CÉLINE
- Voyage au bout de la nuit

CERVANTÈS
- Don Quichotte de la Manche

CHATEAUBRIAND
- Mémoires d'outre-tombe

CHODERLOS DE LACLOS
- Les Liaisons dangereuses

CHRÉTIEN DE TROYES
- Yvain ou le Chevalier au lion

CHRISTIE
- Dix Petits Nègres

CLAUDEL
- La Petite Fille de Monsieur Linh
- Le Rapport de Brodeck

COELHO
- L'Alchimiste

CONAN DOYLE
- Le Chien des Baskerville

DAI SIJIE
- Balzac et la Petite Tailleuse chinoise

DE GAULLE
- Mémoires de guerre III. Le Salut. 1944-1946

DE VIGAN
- No et moi

DICKER
- La Vérité sur l'affaire Harry Quebert

DIDEROT
- Supplément au Voyage de Bougainville

MALRAUX
- La Condition humaine

MARIVAUX
- La Double Inconstance
- Le Jeu de l'amour et du hasard

MARTINEZ
- Du domaine des murmures

MAUPASSANT
- Boule de suif
- Le Horla
- Une vie

MAURIAC
- Le Nœud de vipères

MAURIAC
- Le Sagouin

MÉRIMÉE
- Tamango
- Colomba

MERLE
- La mort est mon métier

MOLIÈRE
- Le Misanthrope
- L'Avare
- Le Bourgeois gentilhomme

MONTAIGNE
- Essais

MORPURGO
- Le Roi Arthur

MUSSET
- Lorenzaccio

MUSSO
- Que serais-je sans toi ?

NOTHOMB
- Stupeur et Tremblements

ORWELL
- La Ferme des animaux
- 1984

PAGNOL
- La Gloire de mon père

PANCOL
- Les Yeux jaunes des crocodiles

PASCAL
- Pensées

PENNAC
- Au bonheur des ogres

POE
- La Chute de la maison Usher

PROUST
- Du côté de chez Swann

QUENEAU
- Zazie dans le métro

QUIGNARD
- Tous les matins du monde

RABELAIS
- Gargantua

RACINE
- Andromaque
- Britannicus
- Phèdre

ROUSSEAU
- Confessions

ROSTAND
- Cyrano de Bergerac

ROWLING
- Harry Potter à l'école des sorciers

SAINT-EXUPÉRY
- Le Petit Prince
- Vol de nuit

SARTRE
- Huis clos
- La Nausée
- Les Mouches

SCHLINK
- Le Liseur

www.lepetitlitteraire.fr

ISBN version numérique : 978-2-8062-587-31
ISBN version papier : 978-2-8062-588-54
Dépôt légal : D/2017/12603/760

Avec la collaboration de Paola Livinal pour la fiche d'identité d'Antigone, pour l'encadré sur la psychanalyse, ainsi que pour les chapitres « Bauchau : vers l'introspection et l'art-thérapie », « Un roman tragique » et « Les visions ».

Conception numérique : Primento,
le partenaire numérique des éditeurs.

Ce titre a été réalisé avec le soutien de la Fédération Wallonie-Bruxelles, Service général des Lettres et du Livre.